# La vida útil
# de Pillo Polilla

# La vida útil
# de Pillo Polilla

*Vivian Mansour Manzur*

EDICIONES

CASTILLO

S.A. DE C.V.
MONTERREY
NUEVO LEON
MEXICO

Coordinación del Premio de Literatura
Infantil y Juvenil:
*Patricia Laborde*

Editores responsables:
*Sandra Pérez Morales y Víctor Hernández Fontallinas*

Diagramación y formación:
*Lorena Lucio Rodríguez y Pablo Castillo Medina*

Ilustraciones:
*Lupina Flores*

© Derechos reservados por la autora:
**Vivian Mansour Manzur**

**La vida útil de Pillo Polilla**

© Primera Edición, 2000
Ediciones Castillo, S.A. de C.V.
Priv. Fco. L. Rocha No. 7,
Col. San Jerónimo, C.P. 64630
Apartado postal 1759,
Monterrey, Nuevo León, México
e-mail: castillo@edicionescastillo.com
www.edicionescastillo.com

Miembro de la Cámara Nacional
de la Industria Editorial Mexicana,
Registro núm. 1029.
ISBN: 970 20 0129-3

Impreso en México
*Printed in Mexico*

# I
## Libros y cacahuates

Déjenme presentarme. Soy una polilla. Y vivo en esta biblioteca escolar. Por favor, no me confundan con las otras polillas, las que comen ropa o madera. Yo soy de la familia de los ecofóridos y me alimento única y exclusivamente de papel. Como el del libro que están sosteniendo en sus manos. Si el libro es antiguo y las hojas ya están amarillentas, el sabor es dulce y las páginas se derriten en la boca. Si el papel es nuevo, entonces sabe acidito y hay que mascarlo muy bien para poder tragarlo. *Mmmm*, hasta se me hizo agua la boca.

Me llamo José. Un nombre que no me parece muy apropiado para una polilla. En vista de mi descontento, se me empezó a llamar Pepillo, lo que no estaba ni mal ni bien. Pero lo peor fue cuando de Pepillo se abrevió a Pillo. Y ahora de Pillo no me bajan.

Como les decía, ésta es una ciudad donde cada libro es un apretado edificio.

Por ejemplo, en la *Enciclopedia Británica* vive Pipo, su esposa y sus 10 000 hijos. Un verdadero multifamiliar.

En cambio, en el libro *Historia sintética de Pipino "el Breve"* sólo habita Pablo. Normalmente lo encuentras en la página 30. Toca fuerte y te abrirá.

Por su parte, mis amigas Perla, Petra y Pita se la pasan en las revistas *Ego* y *Farándula*. Les encanta la textura brillosa del papel y los colores de las fotografías.

Hoy estamos un poco tristes. Hace un año murió apachurrado entre dos diccionarios el abuelo. No se fijó que estaban acomodando la biblioteca y quedó pillado en medio de las hojas. Fuimos todos a visitar el libro donde murió. Ahí se pronunciaron discursos en honor del abuelo: "polilla ejemplar", "buen insecto y compañero", etc. Estaba yo algo aburrido, así que mis ojos vagaron sobre la página del libro en la que estábamos parados. Extraños signitos negros resaltaban sobre la blancura del papel. No podía quitarles los ojos de encima. Yo ya los había visto, o más bien comido, pero nunca les había dado importancia. ¿Qué significaban? ¿Qué decían?

Movido por estas preguntas decidí buscar a Policarpo, la polilla más vieja que habitaba en la biblioteca. Su residencia era un raro ejemplar escrito en latín, ubicado en el último anaquel junto a la pared. Al tocar el lomo del libro, una nube de polvo me cubrió. Y es que a Policarpo nadie lo visitaba.

¿Por qué estaba tan solo? Porque era gruñón y malencarado. Ya no tenía dientes y se le dificultaba masticar. Debido a su dentadura postiza, padecía de mal aliento. Estaba cojo y hasta un poco loco. Pero, al mismo tiempo, era el único de nuestros congéneres que sabía leer. Llamé a su puerta (es decir a la portada del libro).

Nadie me abrió, así que decidí entrar. Lo busqué hoja por hoja y no hallé ningún hoyo que delatara su presencia. ¿A poco se había mudado de libro? Ya me estaba yendo, cuando oí una voz cascada que decía:

—¡Pedro! Hasta que por fin apareces y me vienes a ver.

No estaba por ningún lado. Me acerqué a la portada, y por fin logré encontrar el túnel donde reposaba Policarpo.

Estaba muy encogido, sus grandes lentes hechos con el fondo de una botella hacían que sus ojillos verdes se vieran más pequeños de lo normal. Sus alas estaban rotas y rasgadas, de las comisuras de su boca pendía un hilo de baba. Para colmo, soltó una flatulencia y siguió hablando como si nada mientras yo casi me desmayaba con el hedor.

—Yo no soy Pedro. Soy Pillo.

—Ya que viniste, Pedrillo, arregla el lomo del libro que se está deshojando. Creo que alguien le dio unas dentelladas a la costura que va en medio.

—No vengo a arreglar nada. Vine a…

—Cuando termines, te daré un pedazo de hoja endulzada con almíbar.

*Mmmmm*, mi golosina favorita. Sólo por eso acepté. Reparé con fuertes nudos el hilo que aprisionaba las hojas. Policarpo se acercó lentamente, aprobó el trabajo y me regaló un trozo de papel azucarado. Me senté a disfrutarlo mientras Policarpo me observaba fijamente.

—Pedrito, come más lento.

Sin ánimo de aclarar una vez más el equívoco, seguí deglutiendo golosamente el papel. Aproveché para formularle la pregunta que tanto me intrigaba:

—Oye, Policarpo, ¿es cierto que tú sabes leer?

—Así es, Pedro.

—¿Me enseñarías?

—¿Y por qué habría de hacerlo?

Pensé rápido.

—Pues… porque te vine a visitar.

—Sí, pero tú no eres Pedro. No me engañes y dime la verdad, ¿para qué quieres conocer las letras?

Se me atragantó el bocado. Me había atrapado, así que le conté todo.

—Aprender a leer no es fácil para una polilla. No tiene nada que ver con el lenguaje de nosotros. ¿Estás dispuesto a esforzarte y venir todos los días a que te dé clases?

"Y a soportar el mal aliento y los gases", pensé para mis adentros.

—Sí, lo estoy.

—Además, debes saber que no te voy a hacer el favor gratis. A cambio te voy a pedir algo que te puede costar la vida.

"Qué polilla tan exagerada", pensé.

—¿Y cuál es ese favor?

—Salir de esta biblioteca y conseguirme un libro.

¿Qué tenía eso de peligroso? Sabía que las polillas no viajaban, pero se debía a que eran poco aventureras. Además, si a la mera hora no quería, ya inventaría cualquier pretexto.

—¿Qué libro es ése?

—Ya te lo diré más adelante.

Acepté su trato. No tenía nada qué perder.

Diariamente, cumplía con mis obligaciones y cada tarde me sobraba tiempo para ir con Policarpo a que me diera mis clases. Me enseñaba los trazos en un libro que, por un error de impresión, tenía hojas en blanco. Pronto estuve listo para leer mi primer libro.

Recorrí los títulos de los ejemplares. De repente me sentí como en dulcería: no sabía por cuál empezar. Elegí un volumen brillante, encuadernado en piel, ubicado en el anaquel de más abajo. Lo abrí y ¡oh, milagro!, letra por letra pude leer el siguiente título:

*Las siete maravillas del mundo*

Las siete maravillas son:

1. El globo de globos. Vuela por los aires pero también camina por los suelos, es veloz barco sobre las aguas. Con él, los problemas de transporte están resueltos.

2. Los jardines colgantes de doña Rosa. El más bello jardín con las más raras aves y los más exóticos frutos. Quien lo haya visto una vez, estará acompañado para siempre de su

embriagador perfume y de sus colores imposibles.

3. La canica encantada. La canica con la que siempre ganarás y que obedece las órdenes de su dueño.

4. Las tumbas del rey Jonás. Una serie de siete ataúdes con momias de origen desconocido.

5. El animal que es todos los animales. Un caso para la ciencia, un enigma sin resolver. Parece león, pero ladra. Tiene cuello largo de jirafa, pero cuerno de jabalí. Puede treparse a los árboles, nadar y galopar a gran velocidad.

6. Rayos de luna atrapados en un cristal. Se pueden usar como lámpara o para atrapar hombres lobo.

7. La estatua del gran Luciano, que mira a través de sus ojos de mármol.

¡Qué llenas de misterio y emociones me parecieron todas estas creaciones! Sin embargo, había algo que no cuajaba: ¿eran verdades o puras mentiras? ¿Realmente existían cosas tan poderosas? Sólo Policarpo tenía la respuesta.

El gusano se rió de mí hasta que se le trabaron las mandíbulas.

—¡Claro que no existen! ¿De dónde tomaste este volumen? Ah, sí, del anaquel de hasta abajo. Haz de haber consultado la letra "M" de maravillas. En las bibliotecas todo es temático, por eso, encontraste todo lo que se refiere a maravillas. El tomo que tú leíste, es de ficción, es decir, se escribe directamente sobre cosas que surgen de la imaginación de los hombres y no del mundo real.

—Pero me emocionó mucho leerlo.

—Esa sensación produce la fantasía. Te aconsejo que ahora consultes el volumen que está al final del mismo anaquel.

Intrigado, seguí sus instrucciones. De esta manera, encontré un libro que también se llamaba *Las siete maravillas del mundo*. Me topé con lo siguiente:

*Las siete maravillas del mundo*

Las siete maravillas son:

1. Las pirámides de Egipto.
2. Los jardines colgantes de Babilonia.
3. El mausoleo de Halicarnaso.
4. El coloso de Rodas.
5. El faro de Alejandría.
6. El templo de Artemisa, en Efeso.
7. La estatua de Júpiter Olímpico.

*¡Guauu!* Esto sonaba muy excitante. Objetos que han sobrevivido miles de años. Su sola mención invitaba a soñar y... a viajar.

—Conque quieres viajar, ¿eh?

Una mezcla de aprobación y desaprobación se escuchaba en su tono de voz.

—Es peligroso traspasar los límites del lugar donde vives. Como ejemplo, busca en la letra "C" la biografía de Cristóbal Colón.

La encontré muy fácilmente. Habían escrito muchísimo sobre él. ¿A qué se debería?

### Cristóbal Colón

A fines del año 1484, Cristóbal Colón se había dirigido a España a fin obtener los medios necesarios para buscar nuevas rutas que llevaran a la India. Pero sus búsquedas, sus tentativas y sus ruegos, habían sido inútiles; nadie le había prestado atención.

Un día, Cristóbal Colón, mientras viajaba con su hijo, decidido a abandonar España para dirigirse a Francia, se vio obligado a llamar a las puertas de un convento a fin de pedir un poco de pan y un vaso de agua para su hijo, agotado por el hambre y el calor. El padre guardián, Juan Pérez, entró en conversación con los forasteros, y Colón, que tenía el corazón lleno de esperanza y dolor, le explicó sus pensamientos. El monje era, por suerte, un hombre cultísimo en geografía y matemáticas. Escuchó los argumentos de Colón, lo comprendió y lo persuadió para que retrasase su partida hacia Francia, enviando un mensajero a la reina Isabel, de la que había sido su confesor, recomendándole al audaz marino.

Las calurosas cartas del docto fraile hicieron que el gobierno de España tomara en consideración el proyecto de Colón. Pero los gastos del viaje eran enormes y nadie se decidía a aconsejar al rey para que destinara a la empresa el dinero del erario público. Las negociaciones duraron siete largos años.

Finalmente, cuando Colón, cansado y sin esperanzas, pensaba en tomar definitivamente el camino a Francia, un hombre de la corte, un tal Luis de Santángel, se dirigió a la reina, defendió la causa del marino y aportó 17.000 florines de su peculio particular. Isabel de Castilla se convenció de la grandeza del proyecto y ofreció sus propias joyas para la expedición. Colón pudo disponer los preparativos de su viaje, que no tiene comparación, por su importancia, con ningún otro hecho en la historia del mundo.

Vaya, ése sí que fue un largo viaje. Un viaje a lo desconocido lleno de problemas. Y sin embargo, el resultado valió la pena.

—Me gustó mucho la biografía de Colón. Pero siento que eres tramposo, Policarpo —le dije—. Elegiste un libro que me espantara y me quitara las ganas de viajar. Pues déjame decirte que al contrario, me ha despertado más ganas de conocer el mundo.

—Yo sólo te recomendé una lectura. Las conclusiones las sacaste tú, no yo.

Y para finalizar su conversación, dejó escapar una sonora flatulencia. Tomé aire para no respirar y me fui corriendo a toda velocidad.

Leí uno a uno todos los libros de la biblioteca. Ya casi no salía a jugar con mis amigos de anaquel. Ya no me llamaba la atención jugar a las escondidillas entre los volúmenes, ni lustrar mis alas con saliva, ni escupir desde el anaquel más alto a los humanos que consultaban libros ahí abajo.

El último libro que me quedaba por leer era: *El misterio de los dos zapatos izquierdos.*

Se trataba de una apasionante historia de detectives. El criminal, cada vez que asesinaba a sus víctimas, les quitaba el zapato derecho y lo sustituía por otro izquierdo. ¿A qué obedecía tan raro comportamiento? ¿Quién era el asesino? En la página 225 venía la respuesta.

## CAPÍTULO XVII

Qué fue lo que en realidad sucedió?
—repitió Poirot. Esa verdad fue lo que prometí al señor Boynton. Después de aclarar un tanto los caminos a los puntos básicos: La señora Boynton un preparado a base de digital y al doctor Gerard le sustrajeron la jeringuilla de inyecciones. La jeringuilla parece haber estado destinada para cometer el crimen; pero si ese delito fue cometido por alguno de los miembros de la familia Boynton, entonces no se comprende la utilización de la jeringuilla, ya que lo más seguro era echar el digitoxín en el frasco de la medicina que tomaba la señora Boynton, y aguardar a que hiciera efecto después de la primera toma. Eso es lo que hubiera hecho cualquier persona con un dedo de sentido común... y que tuviera acceso a la medicina.

"¿Por qué, pues, sustrajeron la jeringuilla?

"Se me ofrecieron enseguida dos explicaciones: O bien la jeringuilla no fue robada, y todo se limitó a una suposición por parte del doctor Gerard, o bien la jeringuilla fue robada por alguien que no

Sí, están leyendo bien. O más bien, están leyendo mal. Un maldito hoyo me impedía continuar con mi lectura. Y ese agujero había sido hecho por otro de mi especie, es decir, por otra polilla como yo, si es que no había sido yo mismo.

¡Caramba! Se me quitó el hambre. Ya no quise comer ni un pedacito de papel. Jamás volvería a devorar una letra impresa. Fue entonces cuando me di cuenta de que la lectura había cambiado mi vida.

Este asunto me inquietó enormemente. Fui a ver a Policarpo. Quizá él pudiera tener una opinión al respecto.

—Policarpo, ¿qué haces con esa ala de mariposa?

—Limpio mis lentes. ¿Ya comiste?

—De eso quería hablarte, precisamente. No he querido comer.

—¿Y por qué tan inapetente?

—Ya no quiero comer libros.

Inmediatamente, la vieja polilla dejó de hacer lo que estaba haciendo.

—¿Por qué?

De repente, me avergonzó un poco darle la razón.

—No quiero destruir los textos.

—Pues cómete las orillitas.

Me quedé silencioso e insatisfecho con la respuesta.

—¿A poco ya te entró amor por los libros?

Policarpo me miraba con curiosidad.

—¿Por qué las polillas comemos libros? ¿Qué pasaría si no hubiera libros? —le pregunté temblando.

Las dos cejas de Policarpo se tensaron como la cuerda de un violín.

—Vaya, vaya. Así que andamos filósofos.

—Ya en serio, Policarpo. No quiero comer papel, pero es lo que todas las polillas hacen. ¿Qué me sugieres?

—Vuélvete vegetariano —un gorgorito de risa lo delató.

—¿Por qué te burlas? —me puse furioso—. ¡No me esperaba esa actitud de ti!

Policarpo se puso serio.

—No te enojes. No es burla, sino alegría. Me da gusto que tengas las mismas dudas que yo. ¿Tienes hambre? No podemos seguir platicando en ayunas, espera.

Policarpo se arrastró hacia el libro donde vivía y regresó arrastrando una bolsita.

—Prueba.

Miré desconfiado esas bolitas brillantes color amarillo, pero me gruñían las tripas de hambre. Mordí una y me encantó.

—Están buenísimos. ¿Qué son?

—Cacahuates.

—*Mmmm*. ¿Dónde los conseguiste?

—Los olvidaron abajo, donde los hombres leen.

—¿Y cómo lograste bajar?

—Hice algo peligroso, pero efectivo. Calculé el lugar donde estaba la bolsita y me dejé caer adentro de un libro. Me traje la bolsita, la oculté en el hueco de enmedio; horas más tarde alguien subió el libro de regreso.

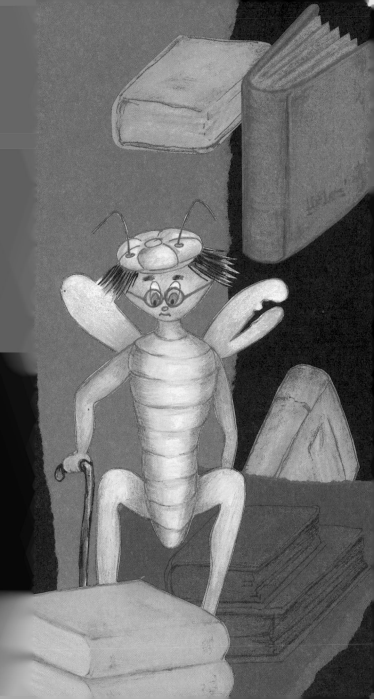

Masticaba sin parar mientras lo escuchaba hablar.

—Habiendo comido, ahora podemos hablar con mayor tranquilidad. Por todo lo que estás pasando, pasé yo. Las mismas dudas, la misma inapetencia. Ser una polilla filósofa y para colmo, rechazar el régimen librívoro, me dio la fama de bicho raro. Quizá con justa razón, ya no me identificaba con ninguna polilla. Me dediqué al estudio y a la meditación. Con el paso del tiempo, las otras polillas dejaron de molestarme y me tomaron por un viejo excéntrico. Aprendí a leer por mí mismo a edad muy avanzada. Por eso, en estos momentos de mi vida, me falta el empuje y la juventud para hacer lo que voy a pedirte.

—¿Qué cosa?

—Es una empresa muy difícil que puede costarte la vida. Quiero que salgas y me traigas un libro.

—No suena tan difícil —respondí yo muy orondo.

—Dices eso porque eres joven. Quiero que estés muy consciente de los peligros que puedes afrontar. Acuérdate de que aquí arriba, todos somos iguales y tenemos las mismas características. Abajo, en el mundo de los humanos, hay muchos seres de diferentes tamaños y fuerzas. Te pueden ver, aplastarte, apachurrarte y destruirte.

—Eso también me puede pasar aquí.

—Sí, pero hay menos probabilidad.

—¿Y cuál es ese libro que quieres que te traiga?

—Ni yo mismo lo sé.

—¿Cómo?

—Sí, ya sé que eso vuelve la pesquisa aún más difícil.

—Pero, ¿de qué trata? ¿Cómo se llama?

—No tengo idea. Déjame explicarte. Yo, igual que tú, llegué a un momento en mi vida en el que quise saber por qué existen las polillas. ¿Para qué venimos al mundo? ¿Por qué nacemos, comemos libros, nos reproducimos y nos morimos? Leí la biblioteca entera y no encontré la respuesta. Debe existir, en algún lugar del mundo, un libro que explique todo esto.

Escuchaba a Policarpo con la boca abierta.

—No me des todavía una respuesta. Piénsalo y mañana me dices —dijo.

De repente, sin querer, se me escapó un pequeño *pun*.

—Perdón —me avergoncé.

—Olvidé decirte que los cacahuates tienen sus inconvenientes —murmuró Policarpo distraídamente.

# II
## Recórcholis con las historietas

¿Estaba yo dispuesto a dejar las comodidades de la comunidad polillense por una riesgosa aventura? De súbito, la vida cotidiana de las de mi especie me parecía ociosa y aburrida. Además, ya había terminado de leer todos los libros de la biblioteca, así que no se me ocurría qué más podía hacer con mi tiempo libre. La idea de conocer el mundo me parecía emocionante. No tenía mucho qué reflexionar. Fui a buscar a mi amigo al día siguiente.

—Policarpo, quiero salir y traerte ese libro que tanto añoras. Estoy decidido.

—¡Qué bueno! —se le iluminó la mirada—, tienes que empacar algunas cosas: comida, unas cobijas y un reloj. Algo imprescindible: tienes que memorizar la dirección de este lugar para que puedas regresar. Mañana mismo te ocultarás en un libro que será sometido a préstamo. Después de 24 horas busca la letra "H". Localiza el libro llamado *Historia de los etruscos*, sé de buena fuente que mañana será retirado de su lugar. Te recomiendo que te introduzcas en el hueco que queda en el lomo, así podrás viajar cómodo y seguro. No asomes la cabeza por ningún motivo, ni siquiera cuando sientas que el libro se queda inmóvil. Ante todo, sé prudente. Apresúrate y empaca todo lo que te dije en esta bolsita —me tendió un costalito y se arrastró apresuradamente.

Seguí todas sus instrucciones al pie de la letra. De la emoción, sentía mosquitas en el estómago. Policarpo estaba más nervioso que yo. Al día siguiente, nos encontramos en el lugar y tomo indicados. No dejaba de darme recomendaciones.

—Si te pierdes, recuerda la dirección de este lugar. Si te persiguen, utiliza tus alas y vuela, aunque sea poco. Pero si ves un gusano, ocúltalas para que crean que eres de su especie. Si quieres libros de letra pequeña, te regalo esta lupa de recuerdo.

Finalmente, tuvo que despedirse.

—Mucha suerte, hijo. Espero tu regreso —se fue todo lo rápido que pudo.

Me hice ovillo para introducirme en mi escondite. Estaba muy oscuro y acolchado, pero aún así no pude pegar el ojo en toda la noche. Quietud. Después de largas horas, una súbita sacudida. El corazón me latió, loco como una canica. El libro subía y bajaba como un camello. ¡Lo estaban cambiando de lugar y yo estaba viajando adentro de él!

Debo confesar que no me aguanté las ganas y asomé la cabeza para echar un vistazo al exterior. ¡Qué hermoso me pareció entonces el mundo! Árboles en fila, perros retozando, pájaros en lo alto, palomas esponjadas, coches multicolores, muchos seres hablando y comiendo.

Después de llenarme los ojos con estas imágenes, consideré prudente volver a ocultarme hasta llegar al destino final. Me dormí un largo rato.

Al verificar el tiempo en mi reloj, me di cuenta de que ya había transcurrido el tiempo suficiente como para salir de mi escondite.

Estaba en una habitación llena de juguetes. La cama era color rojo brillante con piezas tubulares. En una esquina se veía una pantalla con unas antenas. Deduje por mis lecturas que se trataba de una televisión. El libro donde yo viajaba estaba abandonado sobre una mesita, junto a una mochila.

No veía un sólo libro por ningún lado. En lugar de ellos, sobre unos estantes verdes, había puras revistas delgaditas. Al acercarme a investigar, vi que estaban llenas de dibujos de brillantes colores. No tenían más de 30 páginas y los diálogos estaban dentro de unos globitos. Tenían nombres bastante curiosos: *La pequeña Lulú*, *Hermelinda Linda*, *Archie y sus amigos*, *Flash Gordon y las Cavernas del Mongo*, *Batman*...

Me intrigué muchísimo y me dediqué a leer estas pequeñas revistas. Los personajes se apoyaban en expresiones como "*¡Guauuu!*", "*¡Pum!*", "*¡Cuaz!*", "*¡Ejem, ejem!*", etc. Me gustaron todas las historias, los superhéroes y los dibujitos. Después de algunas horas, la puerta del cuarto se abrió. Me metí volando al primer libro que encontré, que resultó ser un diccionario.

La persona que había entrado a la habitación era un niño, seguramente el dueño del cuarto. Por un momento temí que fuera a tomar el libro donde yo estaba, pero no fue así. El niño se sentó frente a la televisión y no hizo el menor caso de lo que pasaba alrededor. Nunca salió del cuarto, nunca se subió a su bicicleta, nunca despegó los ojos del monitor.

Se la pasó cambiando de canal y comiendo chicharrones. Cuando se fue a dormir a su cama, me atreví a salir de mi guarida para llevarme las frituras que dejó abandonadas y así reponer mis provisiones. Después de cenar, dormité un poco.

—Raúl, ya levántate. Vas a llegar tarde a la escuela —la voz estridente de su mamá nos despertó a ambos.

—Ya voy —contestó fastidiado.

—¿Llevas tu tarea?

El niño abrió mucho los ojos, miró el libro *Historia de los etruscos* y pareció recordar algo que había olvidado. Metió el libro a su mochila y salió apresuradamente. Me quedé solo en la habitación. Me arrastré y examiné sin prisas el libro en el que me había metido: *Diccionario de la Real Academia de la Lengua Española.*

¡Un libro que contenía las definiciones de todas las palabras! Voy a buscar la palabra más importante para nosotras las polillas, y a lo mejor descifro el misterio de nuestra existencia.

**POLILLA**: Mariposa nocturna, cuya larva destruye las pieles, el papel, etc. /Fig. Cosa que destruye insensiblemente a otra.

¡Qué desilusión y qué coraje me dio leer esta definición! Claro, como estaba escrita desde la perspectiva de un humano, sólo éramos una molestia, un insecto que daba lata, un destructor de cosas.

A ver, vamos a ver cómo se definen los seres humanos a ellos mismos. Había páginas y páginas que lo describían. Leer las primeras líneas fue suficiente.

**HOMBRE**: Ser dotado de inteligencia y de un lenguaje articulado, clasificado entre los mamíferos del orden de los primates y caracterizado por su cerebro voluminoso, su posición vertical, pies y manos muy diferenciados.

¡Qué fácil! Ellos sí son inteligentes y tienen un lenguaje. ¡Como si los demás animales no lo tuviéramos! Como ellos no lo comprenden. Me encantaría poder escribir un diccionario hecho por nosotras, ahí, las polillas tendríamos un lugar primordial y los seres humanos serían definidos así:

**HOMBRE**: Ser totalmente nocivo para los demás seres, ya que los aplasta, apachurra y lastima sin razón lógica. Es grande y torpe. Carece de alas.

¿Ah, verdad? Eso sí suena distinto. Sin embargo, debía admitir desde el fondo de mi corazón que los hombres habían podido

escribir y crear libros y nosotros, hasta donde yo sabía, no.

Eso me sumió en una gran depresión. No nos habíamos organizado como especie para nada que no fuera jugar y comer libros.

Sin embargo, no podíamos ser medidos sólo por eso. Deberíamos tener otras virtudes, además de ser unas bellas polillas, voladoras y de insaciable apetito. De cualquier manera, la respuesta a mis preguntas no estaba en los diccionarios. Tendría que buscar en otro tipo de libros. ¡*Recórcholis*, como dirían en las historietas!

Estaba yo tan concentrado, que no me di cuenta de que la mamá del niño había entrado al cuarto con un gran plumero. Me percaté de su presencia cuando ya era muy tarde. La vi examinándome con repulsión y gritando como loca.

Para mi alivio, la mujer no me atacó con el plumero que blandía como un arma sicodélica. Tomó el libro donde yo estaba y lo arrojó con asco a una bolsa de plástico. Yo estaba muerto de miedo y me oculté lo mejor que pude en una costura que hay en medio de las hojas.

Nuevamente, sentí calma a mi alrededor. No me daba buena espina. Sobre todo cuando escuché a la mamá del niño exclamar:

—Habrá que tirar estas cochinadas. Libros agusanados... ¡*uuujjjhh*! Es que el cuarto está hecho un chiquero y Raúl no lo limpia ni de milagro. Si no paso yo el plumero...

"Me van a tirar a la basura", pensé preocupado. Y ahí no podré continuar mis investigaciones. Me van a comer otros depredadores.

Pero no pasó nada. Después de un rato, sacudieron la bolsa y caímos —el libro y yo— sobre una montaña de papeles polvosos. Había aterrizado en un lugar increíble: un bazar.

# III
## Menú de libros

El bazar era propiedad de un viejecito coleccionista de libros. Cada noche, yo lo veía sacar amorosamente cada ejemplar, limpiarlo con un trapo y repasar sus páginas con calma y placer. Me di cuenta de que los libros eran muy antiguos, que estaban forrados con piel y que sus páginas eran de algodón grueso y despedían un aroma —he de decirlo— bastante apetitoso. Entre todos los libros, había uno que se notaba que era su favorito. Era un grueso volumen empastado en color negro, con remaches dorados. Picado por la curiosidad, me acerqué a echarle una ojeada. Con un poco de suerte y podía ser el libro que yo estaba buscando.

Las letras del texto estaban de lo más garigoleadas.

### Las mil y una noches

Era la historia de una mujer llamada Scherezada que, para salvar su vida, tenía que narrarle al sultán una historia diferente cada noche.

¡*Guauu*! El libro tenía grabados muy hermosos que ilustraban todas las historias. De repente, escuché una voz que me hablaba en mi propio idioma:

—Con que te gusta este libro, ¿eh? No te lo vayas a acabar todo; me dejas un pedacito.

Me volteé sorprendido. Una polilla robusta y narigona me miraba fijamente.

—Me lo ganaste. El viejo muere por el libro y yo quería darle la mordida inaugural. Pero ni modo. Sólo te pido que me dejes una probadita. Se ve buenísimo. Apúrate, porque ya es hora de la ronda del viejo y si nos llega a atrapar, es el más cruel asesino de polillas.

Atiné a sonreírle vagamente y a cerrar el libro. No quería hincarle el diente al libro, por supuesto, pero tampoco quería que él lo hiciera.

¿Cómo convencerlo de no tocar el libro? Una idea luminosa pasó por mi cabeza.

—¿Cómo te llamas, amigo? —le pregunté.

—Pancracio.

—¿No te aburres de estar aquí solo todo el día?

—Algo.

—Ponte cómodo. Te voy a leer algo maravilloso que hará que las horas se te pasen volando.

Y así lo hice. Cada vez que Pancracio sentía deseos de comer una página de ese libro, le leía un cuento. Igual que Scherezada, me convertí en un narrador de historias para salvarle la vida al libro. Pancracio estaba hipnotizado y pedía que le leyera más y más páginas. Logré prorrogar la destrucción del libro por mil y una noches. Como era de esperarse, llegó el momento en que tuve que leer la última página.

Habían transcurrido mil y una noches desde aquella en que Scherezada comenzó a contarle sus cuentos al sultán. El carácter de éste habíase dulcificado y se había convencido del mérito y la sabiduría de su esposa. Estas consideraciones moviéronle, al fin, a perdonarle la vida.

—Amable Scherezada —le dijo—, veo que son inagotables vuestros cuentos, con los cuales durante tanto tiempo me habéis entretenido y habéis apaciguado mi antigua cólera. En favor vuestro renuncio gustoso a la ley cruel que me había impuesto y os otorgo por entero mi cariño. Quiero que seáis considerada como la libertadora de todas las doncellas que iban a ser asesinadas.

La princesa se arrojó a sus plantas, se las besó y le expresó su agradecimiento más profundo.

Al levantar la vista de las líneas, me sorprendió ver a Pancracio llorando a moco tendido. Estaba tan conmovido que le perdonó la vida al libro y no se lo comió.

Después de esta prueba de fuego, la polilla Pancracio y yo, nos hicimos amigos. Le confesé mi misión y se mostró interesado pero escéptico.

—¿Quieres saber a qué venimos al mundo las polillas? Pues a comer —preguntó y respondio él mismo.

Era un buen amigo, pero no muy inteligente. Habíamos llegado a un acuerdo: para lograr la sobrevivencia de la biblioteca del viejo, Pancracio sólo comería los libros especialmente malos. Nos volvimos los más exigentes críticos literarios.

—Mira éste —me decía—, *Manual sobre el correcto rodar de las esferas.*

—Es malísimo —le decía yo— cómetelo.

—¿Y este otro? —me preguntaba mostrándome un libro infantil—: *El canario de los calcetines rojos.*

—Es una burda copia de *El gato con botas*. No merece haber sido publicado. Llévatelo de postre.

—¿Cómo ves *El Quijote de la Mancha*? —me decía más envalentonado, relamiéndose de gusto al ver el grosor del libro.

—De ninguna manera —me opuse—, ese título es un clásico.

—Entonces léemelo —me pedía.

Yo se lo leí y con enorme placer. Aunque no le gustó tanto como *Las mil y una noches*, comentó algo que me hizo reflexionar.

—Mira, ese Quijote es como tú, está totalmente mal de la cabeza.

—Querido Pancracio, el mundo es de los locos, intrépidos y desquiciados.

—¿Por qué lo dices?

—Porque son ellos los que hacen cosas que otros creen que son imposibles de realizar. Cuando lo logran, el mundo avanza un poquito.

Mi amigo me miró dubitativo, pero no dijo nada.

—Tengo hambre, me voy a echar la página 33 del libro *Cómo cocinar con microondas*. Acuérdate que es de los permitidos.

Lo vi dirigirse a ese ejemplar. Súbitamente, entró el viejecillo a la biblioteca, pese a que no era la hora en que normalmente lo hacía. Me oculté rápidamente en un huequito de la madera. Para mi horror, se dirigió directamente hacia el libro que estaba engullendo mi amigo. El hombre abrió el libro y encontró a Pancracio, que estaba dejando un hoyo considerable en la receta "Chayotes con crema".

# IV
## Poesía apolillada

No quiero entrar en detalles sobre el fin de Pancracio. El viejecito se ensañó con él. Lo peor de todo, fue que decidió echar un polvo insecticida para aniquilar cualquier ser viviente. Vi morir hormigas, moscas y arañas. Me enfermé del estómago y me puse muy mal. El lugar se estaba volviendo inhabitable, así que necesitaba un plan de emergencia. Era difícil saber cuál libro iba a vender el viejo, así que la única opción era huir en el momento de la venta.

No era común que el viejecillo vendiera algo. Su mayor placer consistía en acariciar los lomos de sus libros preferidos, desempolvarlos, clasificarlos y acomodarlos una y otra vez en los limpios estantes. Un día, llegó una persona muy importante que estuvo recorriendo el bazar. Se trataba de un hombre de ojillos almendrados, un diente de oro, traje y bastón. Supuse que el bibliófilo iba a llevar a cabo una buena venta, así que me preparé. El hombre eligió *Historia de las tipografías*, que estaba muy lejos de donde yo me encontraba. Después se inclinó por un libro de mapas antiguos, que reposaba sobre una mesa, muy lejos de mi alcance. Para mi desilusión, el hombre se puso de acuerdo con el viejecillo sobre los precios. Parecía que no iba a comprar nada más. Pero antes de irse, quiso echar una última ojeada y eligió, para mi suerte, *Las mejores poesías del mundo*, un ejemplar que se encontraba a mi lado. Fue muy fácil para mí deslizarme y viajar, sin ser visto, de contrabando.

El tipo del diente de oro resultó ser un romántico. El libro de poesías iba destinado a una muchacha muy bonita, a la que trataba de seducir. Yo no sé nada de belleza humana porque soy una polilla, pero a mí me parecía que él era muy feo, con ese diente que brillaba con su saliva y ese pelo grasiento. Sin embargo, se ve que seducía con las palabras. Me gustaba escucharlo desde mi escondite. Lo primero que hizo al llegar a su casa fue colocar los tres libros recién adquiridos sobre la mesa de su salita. A diferencia de la casa del bibliófilo, que era limpia y ordenada, mi nuevo hogar era muy desordenado, lleno de cachivaches, periódicos y revistas. El hombre hablaba continuamente con su gato y yo lo comprendía a la perfección.

Aquí cabe hacer una aclaración: la gente cree que los insectos no entendemos el español o cualquier otro idioma que se hable en nuestros alrededores. Los humanos suponen que los insectos sólo comprendemos el violento mensaje de un periodicazo. No es cierto: después de haber escuchado generación tras generación el parloteo incesante de las personas, los insectos entendemos todo, o por lo menos el sentido general de lo que dicen.

—Querido felino —en ese momento, el individuo hablaba con su gato— mi estimado cuadrúpedo, te conmino a que realices tus necesidades fisiológicas lejos de mi morada.

"O sea, mugroso gato, no te hagas pipí en mi casa", traducía yo para mis adentros, muerto de la risa.

—Es hora de un tentempié que mitigue el hambre de las entrañas mías.

"Como quien dice, quiero echarme un taco", simplificaba yo.

Me agradaba esa manera tan rimbombante de emplear las palabras. No así la presencia del gato, que husmeaba continuamente los libros, quizá intuyendo mi presencia.

Los tres libros que adquirió resultaron ser bastante interesantes. En las primeras páginas, había un sello color violeta, donde se apreciaba una lagartija reposando sobre las hojas abiertas de un libro.

*Grabado de lagartija reposando sobre las páginas abiertas de un libro*

Se trataba de un *ex libris*. Esto se refiere a un grabado pequeño con las palabras latinas "*ex libris*" y el nombre del propietario, que se pega en los libros para indicar su dueño.

Me puse a pensar cómo sería el mío. Así:

*Grabado de polilla con lentes apoyada sobre una capitular*

Eso por lo que a mí respecta. Porque me temo que el *ex libris* de cualquier otra polilla sería éste:

*Grabado de polilla devorando un libro*

Leí de un tirón la *Historia de las tipografías*. Ahí descubrí que las letras se forman de varias partes:

Horizontal    Capitel

F

Fuste    Patín

En otra época, pensé, hubiera sido divertido jugar a mordisquear sólo alguna de las partes, pero eso pertenecía a mi sucio pasado.

El libro de poesía, por su parte, me abrió nuevas perspectivas. Y no toda era solemne o pomposa. Por ejemplo ésta, de un tal Quevedo:

*Érase una vez un hombre a una nariz pegado.*

¡Qué genial! Era fácil imaginarse al tipo narizón.

En cambio, esta otra de Pablo Neruda me sumergió en un sopor melancólico:

*"Sucede que me canso de mis pies y mis uñas*
*y mi pelo y mi sombra.*
*Sucede que me canso de ser hombre."*

Me sentía muy identificado. Yo sería de la opinión de adaptar el texto a:

*"Sucede que me canso de comer libros*
*Y de mis antenas y mis alas.*
*Sucede que me canso de ser polilla."*

Por supuesto, la parte más manoseada del libro era la de poemas románticos, muy socorridos por su nuevo dueño:

*A ELLA*
*"Semejas esculpida en el más fino*
*hielo de cumbre sonrojado al beso*
*del Sol, y tienes ánimo travieso*
*y eres embriagadora como el vino."*

¡Cómo repasaba el hombre estas páginas! Cada viernes, el hombre se acicalaba para ir a visitar a su dama. Para estas citas, siempre se llevaba el libro de poemas bajo el brazo. En una de esas ocasiones, quise ver qué uso le daba al libro, así que me oculté en mi escondrijo y acompañé al enamorado a su cita. Se llevó a la enamorada a un parque, puso solemnemente su saco en el piso —horas antes lo había limpiado escrupulosamente— y le leyó a la joven los poemas. La mujer ponía los ojos en blanco y se veía muy emocionada. Por mi parte, me la pasé atisbando a través de la hojas y admirando el jardín. El hombre le tendió un papelito con un poema.

—Te lo escribí especialmente —susurró. Ella, arrobada, lo leyó en voz alta:

*Me gustas cuando callas porque estás como ausente*
*y me oyes desde lejos y mi voz no te toca.*
*Parece que los ojos se te hubiesen volado y*
*parece que un suspiro te cerrara la boca.*

¡El muy tramposo! Se levantaba el cuello con poemas ajenos.

Ella dio la siguiente opinión del más grande poeta de todos los tiempos, del genial bardo que revolucionó el lenguaje, del gran Pablo Neruda:

—No están tan mal. Son bonitos pero… sencillos. Tienes que esforzarte más.

# V
## Viajando en coche

En el jardín me sentía a mis anchas. Ahora, esperaba adentro del libro de poesía para salir a orearme cada viernes. Cierta tarde, estaba yo olisqueando el pasto cuando la pareja de enamorados se incorporó, después de haber terminado sus arrumacos de costumbre. Me oculté en el libro, pero ellos no se lo llevaron... ¡lo olvidaron sobre la hierba!

Para llamar su atención, grité hasta quedarme afónico. Habían dejado abandonado al libro y, por consiguiente, a mí.

Cayó la noche y el jardín se pobló de ruidos extraños. Me puse a temblar de frío y miedo. Grillos, chicharras, perros aullando y palomillas nocturnas se apoderaron del parque. Traté de mantener la calma, pero cuando empezó a llover no puede contener el llanto. No fue una gran tormenta, pero sí lo suficientemente tupida para humedecer las hojas del libro. Tragué lágrimas y agua de lluvia. Me dormí empapado y sentí lástima de mí mismo. Pesqué un tremendo catarro. Esto de viajar ya no me estaba gustando nada.

A la mañana siguiente salió el sol. Los animales nocturnos desaparecieron y nuevamente escuché trinar a los pajaritos, los ladridos y gritos infantiles. Mi casa continuaba encharcada, pero el calor matutino la estaba secando lentamente. Unos jóvenes revoltosos —que seguramente se habían ido de pinta— se acercaron a donde estábamos el libro y yo. Uno de ellos, que respondía al nombre de Marco, lo tomó con curiosidad y dijo:

—Mira, un libro de poemas. Se lo voy a pasar a mi hermano —y lo arrojó a su mochila.

Me alegró ser trasladado a un lugar seco y seguro. Se trataba de un cuarto compartido por varios estudiantes. Las lecturas variaban: había novelas modernas y libros de texto. Sobre todo, había mapas. Muchísimos mapas, guías y atlas. ¡Qué sorpresa fue para mí descubrir que la ciudad tenía esa intrincadísima red de calles! Después, me pareció fenomenal encontrar los estados. Y por último, me maravilló toparme con otros países y hasta con otros planetas.

Los muchachos decidieron emprender un viaje al campo. Se iban ir en el coche de Marco. Yo jamás me había subido a uno, así que me apunté de inmediato. Fabriqué unos lentes oscuros con dos pedacitos de vidrio que ahumé con un cerillo. Me puse una elegante bufanda hecha con una agujeta de zapato y me subí al *Atlas*, listo para mi primera aventura automovilística.

En el momento en que colocaron el *Atlas* en el auto, me salí de él, intuyendo que iba a ser consultado constantemente. Me pegué al borde de la ventanilla para mirar la carretera. En la primera curva, mi estómago reaccionó de manera extraña. En la segunda, me sentía francamente mal. En la tercera, tuve que decirle adiós al desayuno.

—Oye, ya limpia tu coche, está lleno de gusanos —le dijo un muchacho a Marco, al distinguir mi pobre cuerpo contra el cristal.

—Mira qué cochinada. Mátalo —le pidió la chica que viajaba en los asientos de atrás. Me la suponía más simpática.

Saqué fuerzas de algún lugar y volé decaído. A trompicones, caí en el bolsillo de la muchacha. Para mi buena suerte, ella no se dio cuenta.

—Ya se fue la porquería esa.

La bolsa de una mujer es un lugar inhóspito y peligroso. Cepillos peludos, golosinas, papelitos doblados que albergan chicles masticados... Se agregaban a la lista cuatro juegos de llaves, varios huesos, dos peluches, un perfume nauseabundo y tres agendas.

Esta travesía automovilística no fue nada emocionante. Me la pasé dando tumbos adentro de la bolsa. Los muchachos decidieron pasar a tomar un café a casa de la muchacha antes de regresar a casa del hermano de Marco. Sabía que ahí corría mucho peligro, así que no más llegó la muchacha a su casa, escapé de inmediato y me alojé en un cuaderno.

Lo primero que me llamó la atención fue un monitor y un teclado colocados sobre una mesita. Se trataba de una computadora. La muchacha pasaba horas leyendo información en la pantalla. Cuando ella se fue a dormir, me acerqué intrigadísimo al aparato. Me costó mucho trabajo encenderlo y manipular el llamado "ratón o *mouse*".

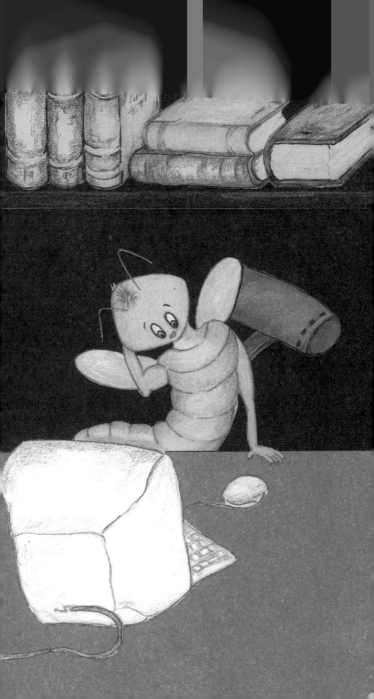

Cuando lo logré, me sorprendí muchísimo al descubrir que podían leerse libros en la pantalla. Además, ¡se podía consultar información de todo el mundo, de todos los temas y en todos los idiomas! Libros así no podían ser comidos por las polillas.

Después de algunos esfuerzos, logré jalonear el *mouse* y oprimir las siguientes teclas:

POLILLAS
¿QUÉ SON LAS POLILLAS?
¿POR QUÉ EXISTEN?

No tuve ninguna respuesta satisfactoria, sólo apareció en la pantalla una larga lista de compañías exterminadoras de plagas.

# VI
## Perro-burro

Muy temprano oí hablar por teléfono a la chica:

—El viaje estuvo fenomenal, ¿pero, ya te diste cuenta de que olvidaste tu mochila?

Al escuchar esta llamada, decidí tomar el libro-camión, cambiar de morada una vez más y ampliar mis horizontes.

Cuando llegó Marco, lo primero que vio fue el libro de poemas y recordó su promesa de enviárselo a su hermano.

—¿Le puedo hablar a mi hermano para que venga por el libro? —pidió permiso.

—Claro —respondió ella.

Al poco tiempo llegó el hermano de Marco. Llevaba lentes oscuros y no se los quitó en ningún momento. Venía acompañado de un perro labrador y caminaba con un bastón. Me cayó bien, pero me pareció muy misterioso. Se sentó y disfrutó enormemente de los poemas que le leyó Marco. Por último, se incorporó y dijo:

—Está maravilloso. ¿Me lo puedo llevar a mi casa?

—Claro, pero, ¿para qué, si no puedes leerlo?

—Ya encontraré a alguien que lo haga.

Cuando escuché esta información me arrepentí de no haberme quedado donde estaba. ¡El hermano de Marco era ciego! Seguramente no tenía un sólo libro. Ni modo, había que esperar cualquier oportunidad para viajar de nuevo.

Sin embargo, cuál sería mi sorpresa cuando llegamos al cuarto del ciego: estaba lleno de libros grandes y pesados. Me metí a uno de ellos, pero de inmediato caí en un profundo acantilado. Salí con dificultad y al dar dos pasos nuevamente me hundí en otro túnel. ¡Los libros estaban todos agujerados!

Examiné con atención los bordes de los hoyos. Eran tan perfectos que deduje que no habían sido hechos por polillas sino por máquinas. No había letras en esas blancas páginas, sólo puntitos huecos. El hombre tomó un ejemplar y esta vez no me oculté, confiado de que no sería visto. El ciego abrió las páginas y empezó a recorrer con los dedos la superficie de las hojas, deteniéndose en los hoyos. Increíble: el hombre estaba leyendo con las manos una escritura hecha con agujeritos. Inventé un juego: brincar de hoyo en hoyo antes de que lo recorrieran las sensibles yemas del invidente. De repente sus dedos se pusieron rígidos, se dirigieron con seguridad hacia donde yo estaba y me asieron firmemente. ¡Estaba atrapado!

—Sabía que había alguien más en el cuarto. Lo escuché perfectamante —declaró el hombre con aire triunfal.

"¡Qué buen oído!", me maravillé.

—¿Qué eres? —preguntó el ciego mientras me palpaba cuidadosamente—. Una especie de hormiga, ¿verdad? No tiembles tanto, no voy a matarte.

Suspiré de alivio.

—Te voy a echar al jardín.

El hombre se paró, abrió la puerta de su patio y me colocó cuidadosamente sobre una hoja.

Con lo que no contábamos era con su perro *Taba* que inmediatamente se acercó a husmear. Me descubrió a la primera ojeada y le supliqué que me perdonara la vida:

—No me hagas nada.

—*Mmmm,* ya vi que mi amo te depositó en este lugar. ¿Qué querías? ¿Comer papel?

—No —le respondí un poco avergonzado—, ya sé que suena increíble, pero no me meto a los libros para comérmelos sino para leérmelos.

—¿Aun los de mi amo? —se sorprendió el can.

—No, apenas acababa de descubrir que existía esa escritura.

—Se llama *Braille* —me aclaró el perro.

—Ya no tendré tiempo de aprenderla —suspiré, entristecido, vaticinando mi muerte bajo las fauces del mastín.

—¿Y por qué lees tanto? —me interrogó.

—Porque quiero hallar un libro y encontrar una respuesta —le respondí.

—¿Cuál? —me cuestionó, intrigado.

Le conté mis problemas. El labrador escuchaba atento. Parecía estar reflexionando:

—Nunca me pregunté por qué existimos los perros. Y nunca se me ocurrió aprender a leer. ¿Hay algún libro que hable sobre los perros?

—Muchísimos y muy buenos —me emocioné—; si me regresas a la biblioteca de tu amo, puedo aprender a leer y contarte alguno.

Mi nuevo amigo aceptó. Me trepé a su lomo y nos fuimos trotando de regreso a la biblioteca. Había prometido algo casi imposible: aprender a leer *Braille* por mí mismo, sin maestro de por medio.

—¡Qué difícil fue entender el *Braille* y eso que yo era una polilla vidente!

—¿Cómo vas? —indagaba *Taba* entre ladridos.

—No muy bien. Aún no sé cuál es la "ñ".

—¿Y cómo vas a saberlo?

—Estoy tratando de deducirlo. A veces me ayuda que tu amo lee en voz alta.

—¿Cuándo vas a leerme el libro que me prometiste?

—Espérame unos días.

—Bueno, pero no muchos. Quiero creer que los perros hemos hecho algo importante en el mundo de la literatura —y se iba trotando.

Después de muchos días de concentración, logré desentrañar los misterios del *Braille*. Me tardaba un buen rato en recorrer las inmensas páginas pero después se me ocurrió usar las alas para volar unos centímetros y acabar más pronto. La biblioteca no era muy grande, pero tenía títulos interesantes: *Moby Dick*, *El viejo y el mar*, *Freyra y las siete islas*, *Marinero en la tierra*.

Eso me hizo suponer que nuestro amigo estaba obsesionado con una cosa: el mar.

Tuve la intuición de que el hombre no conocía el mar. Mis sospechas se confirmaron cuando un día le dijo a *Taba*:

—Ya casi termino de juntar el dinero para irnos a la playa. Y tú me vas a acompañar.

"¡Oh, no! Si la travesía va a ser en auto, que no cuenten conmigo", pensé.

—¿No te da miedo subirte a un avión, verdad, querido amigo? —dijo mientras acariciaba a *Taba*.

Así sí.

—Dicen que en el mar uno encuentra respuesta a todas las preguntas —afirmó.

Eso era justamente lo que yo necesitaba.

Sin embargo, yo tenía un pendiente que no había resuelto: leerle a *Taba* un libro sobre perros. Por más que busqué y busqué en la biblioteca no encontré ni uno que remotamente hablara sobre el mejor amigo del hombre. *Taba*, aunque era un animal noble, me dio un ultimátum:

—O me consigues ese libro o te aplasto. La paciencia de un perro tiene un límite. Tienes de plazo hasta mañana.

Repasaba infructuosamente los lomos una y otra vez. No había alguno por ningún lado. El tiempo corría y el perro se relamía.

Lo más parecido, que no tenía que ver con aventuras marinas fue *Platero y yo*, donde el protagonista era un burro.

Me fui a dormir adentro de *Moby Dick*. Casi no pegué los ojos. Me acurruqué en uno de los agujeritos y ahí fue donde se me ocurrió la solución.

A la mañana siguiente *Taba* me buscó, con la lengua de fuera.

—¿Ya encontraste el libro?

—Sí, por fin. Siéntate que te lo voy a leer.

Y le leí, con todo cinismo, *Platero y yo* adaptando el texto. Cada vez que decía "burro", yo lo cambiaba por "perro".

Platero es un perro pequeño, peludo, suave, tan blando por fuera que se diría que es todo de algodón, que no lleva huesos. Sólo los espejos de azabache de sus ojos son duros cual dos escarabajos de cristal negro.

Lo dejo suelto y se va al prado, y acaricia tibiamente con su hocico de perro las florecillas multicolores. Lo llamo dulcemente y viene a mí con un trotecillo alegre que parece un cascabeleo.

El cuadrúpedo estaba orgullosísimo.

No quiero insinuar que el perro fuera un burro, pero… ¿quién le mandaba no saber leer?

# VII
## Mar de dudas

En pocos días, el ciego se iba de vacaciones al mar.

Como *Taba* estaba oficialmente invitado, le pedí asilo en su pelaje. Aceptó de inmediato. Tras haberle leído *Platero y yo*, nuestra relación había mejorado muchísimo.

Por fin llegó el día. El hombre se levantó muy temprano, hizo sus maletas, tomó a su perro y paró un taxi. La aventura había comenzado.

Pero no para *Taba* y para mí. Al perro lo metieron en una jaula y lo arrojaron a un compartimiento del avión. O sea que no pudimos viajar con el hombre ni atisbar por la ventanilla. Además, yo no sabía que la

pelambrera del perro albergaba una pequeña colonia de odiosos inquilinos: las pulgas.

—¿Y este insecto qué hace aquí? —le pre-
guntaron a *Taba* como si yo no existiera.

—Le voy a dar un aventón —ladró el
perro.

—Está muy blanco. Seguro tiene la sangre
aguada —exclamó despectiva la pulga más
fea.

—Sí —respondí yo hábilmente —de
hecho no tengo sangre sino un líquido
blancuzco y amargoso.

—*¡Guácala!* —sentenciaron.

El sopor del viaje las hizo adormecer y yo
me sentí más tranquilo al verlas cerrar sus
ojillos color ladrillo.

Al término de dos horas de camino, se
abrió la puerta de la cajuela y nuestra jaula
fue extraída del lugar. Teníamos calor, sed y
un humor de perros.

Todo valió la pena cuando nos reunieron
con el ciego y nos dirigimos a la playa.

El mar nos recibió con un estrépito de
rizos blancos. Puedo decir que fue el espec-
táculo más asombroso que yo haya visto en
mi vida de polilla. El ciego estaba emociona-
do, se sentó sobre la arena y alcancé a distinguir algo parecido a dos gotas de mar que
resbalaban por sus mejillas.

Cuando por fin se repuso, se acercó lentamente hacia donde estaban las olas, mientras *Taba* brincaba feliz a su lado.

Yo también estaba azorado. El mar era indescriptible, sus rugidos daban miedo y gusto al mismo tiempo.

No podía ponerme serio si continuaba galopando encima de un perro retozón.

—*Taba*, para un minuto, quiero bajarme.

El can no se daba por aludido o no podía escucharme. Después de un rato de brincoteos, me relajé. Las pulgas estaban felices igual que yo. Después de todo, estábamos de vacaciones.

A la mañana siguiente, nos levantamos muy temprano y nos fuimos derechito al mar. *Taba* se echó a dormir al sol y el hombre se estaba untando bronceador. Consideré que era el momento de formular mis preguntas. Me arrastré con precaución entre los granos de arena.

—Mar, quiero hacerte una pregunta.

Silencio. Reventar de olas.

—Quiero saber por qué existen las polillas.

Más vaivén de olas.

—Bueno, te la pongo más fácil, ¿dónde puedo encontrar un libro que me dé la respuesta?

Me sentía ridículo preguntando eso, como si el mar fuera un bibliotecario.

Sólo se escucharon los chillidos de las gaviotas.

Había algo que había entendido mal. El mar no era tan sabio. No escribió en la arena ningún consejo, no intercaló ninguna palabra en su lenguaje de espuma y agua. Fui a quejarme con *Taba* que estaba somnoliento después de su siesta.

—¿Te acuerdas que tu amo dijo que en el mar uno encontraba todas las respuestas? ¿Verdad que lo dijo?

—*Ajá.*

—Pues es mentira. Yo ya le pregunté todo y no me contestó.

La pulga líder se integró a la conversación:

—Dizque muy letrado, pero eres bastante atarantado. ¿Cómo se te ocurre pensar que el mar te va decir lo que tienes que hacer? Yo creo que a lo que se refería el hombre es que en este lugar tan tranquilo y hermoso, uno pone en orden sus pensamientos y puede hallar en su interior la solución a sus preocupaciones.

¡Qué reveladoras me parecieron las palabras de la pulga! Desde ese momento, la miré con otros ojos.

—No entiendo qué problemas puede tener un gusano agusanado como tú —dijo despectivamente, arruinando su inteligente discurso anterior.

Después de un día de muchas emociones, nos fuimos al cuarto del hotel a descansar un poco. Siguiendo el consejo de la pulga, me dediqué a meditar. Algo estaba mal en mi método de búsqueda, pero no sabía qué. Me acosté un rato sobre el suave pelambre de *Taba*. La pulga carmesí se acercó brincando.

—¿Ya encontraste lo que buscabas? —me preguntó, solícita.

—No —suspiré apesadumbrado.

—Me contó el perro que sabes leer, ¿es cierto?

—Sí. Oye, espero que no me pidas un libro donde la protagonista sea una pulga porque ahí sí va a estar difícil —me precipité a responderle.

—Eres tan tonta, ¿a poco no sabes que existen miles de libros donde las pulgas somos los personajes principales, o por lo menos, están inspirados en nuestras vidas?

—¿De dónde sacas eso? ¿A poco sabes leer? —dudé abiertamente.

—No, pero mi tatarabuelo, sí. Él vivió encima de un perro de alta categoría, tú sabes, con pedigrí, y viajando entre sus pelos recorrió el mundo —me presumió el insecto—. Él me contó sobre libros extraordinarios que están basados en nuestro modo de vida. ¿Cómo es que tú, tan culto, nunca hayas oído hablar de ellos?

Pues no. No me sonaba para nada. No recordaba una pulga que fuera heroína de ninguna historia. Parecía que todos los animales querían conocer narraciones sobre ellos mismos.

—La verdad, no lo sé —le hablé con franqueza.

La pulga me miró desilusionada.

—Es una lástima, porque pensaba llevarte a una biblioteca muy especial que mi abuelo decía que contenía todos los libros del mundo —farfulló mientras se encogía de hombros.

Eso cambiaba las cosas.

—Pulga, espera. Ayúdame con algún dato. ¿Dónde transcurrían esas historias? ¿Quién era el autor? —alcancé a preguntarle.

—Sólo te puedo dar una pista: sé que fueron escritas en un lugar llamado Transilvania.

Los tres días frente al mar, habían sido inolvidables, pero llegaron pronto a su fin y

tuvimos que regresar a casa. Nomás atravesamos la puerta, salté del lomo del perro y me refugié en la biblioteca. Estuve repasando los títulos y no daba con ninguna novela que tuviera a una pulga como personaje principal. Moviendo las afiladas hojas de los libros, me corté y manó un poco de sangre. Sangre... sangre... sangre... ¡Ya sabía a qué libro se refería la pulga!

## DRÁCULA

Al caer la noche vuelan los vampiros
cuando las bellas salen a pasear
bebiendo la sangre de la gente...

—¿Qué te parece, pulga? —la cuestioné, después de leerle algunos párrafos.

—Maravilloso —me dijo mientras se estiraba sobre la piel de *Taba*, que dormitaba plácidamente.

—Para ser francos, te estás dando mucha categoría. Porque la historia de *Drácula* y, por lo tanto, la de los vampiros no está basada en las pulgas, sino en los murciélagos.

—No estoy de acuerdo —me miró exaltada. Los murciélagos son unos imitones. *Drácula* era, igual que yo, un insaciable chupador de sangre.

—¿Y los mosquitos? ¿Qué me dices de los mosquitos? También se alimentan de sangre —le reviré triunfalmente.

Los ojos de la pulga se estaban llenando de lágrimas.

—Sí, pero los mosquitos le copiaron a los murciélagos.

No quise discutir porque necesitaba que me diera su información.

—Bueno, quizá tienes razón —concedí—. ¿Ahora sí me vas a llevar a la biblioteca de tu abuelo? ¿Crees que sabrás llegar si le decimos a *Taba* que nos dé un aventón?

—Claro, no me digas que eres de los que creen que sólo las golondrinas tienen sentido de orientación —me dijo muy ofendida.

Esta pulga, definitivamente, quería sentirse tan importante como las demás criaturas del mundo. Tenía algo de razón, porque yo, como polilla, pensaba igual.

# VIII
## Egipto no es como lo pintan

A raíz de la lectura de *Drácula*, la pulga empezó a comportarse de manera diferente. Antes de hincarle el diente al pobre de *Taba*, enseñaba los colmillos. Se relamía las antenas con baba, para peinarse diferente. Sin embargo, lo más sobresaliente era que ya no quería chupar la sangre de los perros, sino de los humanos. Y no sólo de humanos, sino de hermosas mujeres. Y no en cualquier parte del cuerpo, sino en el cuello.

Por eso, cuando le recordé que había prometido llevarme a la biblioteca misteriosa de su abuelo, decidió que era el momento de dejar a *Taba* y buscar sangre humana, más cercana a sus ideales draculescos.

Habló con el perro y le explicó los motivos de su abandono. *Taba*, libre al fin de la plaga que más comezón le producía, se puso a brincar de gusto. Yo no sé qué reacción esperaba la pulga, porque al final me comentó:

—¡Qué desagradecido! Después de que le hice compañía tantos años.

Todo estaba listo para nuestro nuevo viaje. Llenos de emoción, nos trepamos en los pelos de *Taba*, que puntual como autobús, nos buscó a la hora señalada.

—Bueno, llegó el momento de que le digas la dirección a *Taba* —le recordé a la pulga.

—Llévanos a una biblioteca —respondió de inmediato.

—¿Cómo se llama? —preguntó entre ladridos el perro.

—La biblioteca de Alejandría —contestó.

—¿Y por dónde queda eso? —indagó *Taba*.

—Pues en Alejandría —dijo la pulga.

—¿Y dónde queda Alejandría? —el perro se estaba impacientando.

—En Egipto —respondió muy tranquila.

—¡¡Qué!! —me exalté—. ¿Cómo crees que a bordo de un triste perro vamos a llegar a Egipto?

—Cuidado con lo que dices —esa frase no le gustó a *Taba*.

—Quiero decir que Egipto está muy lejos de aquí. Incluso en avión es un viaje muy largo.

—Bueno, tú puedes volar, para esto tienes alas ¿no?, y yo puedo brincar, mis patas son muy potentes —sugirió.

—Nos tardaríamos años en llegar. Además las polillas somos más hábiles para correr y ocultarnos en un surco que para volar —le dije, desesperado.

—No tengo prisa —me respondió.

—Déjame bajar, hay que pensar muy bien las cosas y diseñar un plan de acción.

—Está bien, pero me quiero ir lo más pronto posible, muero por chuparle la sangre a una hermosa doncella —contestó a regañadientes.

La casa del ciego era visitada por muchas personas. Entre ellas, una señora que siempre cargaba en los brazos a un gato bastante apuesto, algo presumido. Cuando la pulga lo vio, me fue a buscar a la biblioteca, donde estaba dándome un baño en el interior de un agujero de hoja en *Braille*:

—Llegó la señora del gato siamés y dicen que esos animales son egipcios, ¿por qué no le preguntas si sabe algo?

—No creas que me es fácil moverme por toda la casa. Acuérdate que el ciego ya me encontró una vez. Ayúdame, tú pregúntale, ¿sí? —le pedí.

—Bueno —aceptó y se fue brincando.

Regresó al poco rato.

—Ese gato es un ignorante. Ni siquiera sabía que su raza se llamaba siamés. Pero me platicó algo que puede sernos útil: dice que su ama va a enviar unas revistas fuera del país, por correo aéreo. Y que él cree que van a Egipto.

—¡Perfecto! ¿Me acompañarás, verdad? Tendremos primero que viajar encima del gato y después meternos a esas revistas y viajar en avión.

—Sí, pero antes que nada necesito fabricarme un ataúd.

—Yo te lo puedo hacer con un pedacito de cartón —suspiré dispuesto a cumplirle sus caprichos.

Después de algunas semanas, volvimos a recibir la visita de la mujer. De inmediato la pulga y yo nos subimos a *Taba* para brincar al lomo del gato. La perra parecía feliz, no así el gato, que no estaba acostumbrado a albergar insectos en su pelaje. Tratamos de no provocar su ira ni su comezón y nos quedamos inmóviles.

Por fin llegamos a casa de la mujer. La pulga se acercó a la oreja del gato y le pidió que nos llevara a donde estaban las revistas. El minino se dirigió majestuosamente hacia un gran canasto y allí se recostó. Un paquete de revistas sobresalía de un maletín negro que olía a cuero. Nos deslizamos en un compartimiento en la parte interior de la tapa de la maleta, y nos situamos en un cómodo lugar entre los pliegues de un sobre de papel donde no nos aplastarían al cerrar la maleta. Estábamos listos.

Sin embargo, pasaban los días y la mujer no parecía tener la mínima de intención de hacer el envío. Ya casi no quedaban provisiones. Las páginas de las revistas no se veían suculentas, pero podía aguantar un par de días royendo un chicharrón.

—¿Quieres uno? —le ofrecí a la pulga.

—No.

A la pulga le brillaban más los ojos que de costumbre. Insistía en dormir en el pequeño ataúd de cartón y en peinarse relamido.

—Te veo muy flaco y pálido. Prueba uno, no saben tan mal —insistí.

—¡Mira atrás de ti! —repentinamente, su voz se alertó.

Al voltear mi cabeza, la pulga se prensó de mi cuello y me acercó su boca babeante.

—¿Qué te pasa? —me sacudí—. ¿Te has vuelto loco?

—No, me he vuelto vampiro —y volvió a tratar de morderme.

En ese preciso momento, percibimos que la maleta en la que estábamos metidos era removida de su sitio.

—¡Tienes que tranquilizarte! Cálmate o me bajo y viajas sola —la amenacé.

La pulga-vampiro no era tan valiente como parecía, ya que la perspectiva de viajar sola la aterró.

—Discúlpame. No sé qué me pasó. Pásame una de tus frituras.

Poco a poco regresaba a la normalidad.

—Entonces, ¿podemos tirar el ataúd? Necesitamos viajar con menos equipaje.

—Bueno. Lo que sí no voy a hacer es cambiarme de peinado, ya que seguramente va a tener mucho éxito entre las damas —dijo a tiempo que masticaba desganadamente.

Las revistas que había en el interior del maletín no eran tan interesantes, trataban de todo un poco: chismes de la farándula, recetas de cocina, viajes, consejos médicos. Nada del otro mundo, pero a veces, cuando uno está un poco aburrido y le espera un largo viaje, leer revistas es muy cómodo.

Le leí algunos fragmentos a la pulga, para hacerla olvidar su hambre de sangre.

### Mascarillas contra las arrugas

Mezcle dos pepinos rebanados, una taza de yogur, dos cucharadas de miel y una lata de aceite. Coloque los ingredientes en el área de los ojos. Espere dos horas a que se endurezca la pasta. Enjuáguese. Repita la operación cuantas veces sea necesario, varias veces al día.

—¿Y qué tienen de malo las arrugas? —preguntó al final de mi lectura—. ¿Por qué los humanos estarán tan obsesionados con eso, con los cambios? Los insectos y animales mudamos de piel, abandonamos alas y capullos, cambiamos de pellejo, nos estiramos, nos encogemos… y todos tan contentos. ¿Tú quisieras ser diferente a lo que eres?

—Físicamente, no. Pero… hay cosas en mi modo de ser, bueno, en el de todas las polillas, que quisiera cambiar.

—Eso que deseas está difícil ¿no?

—Sí, lo sé. Oye, ya no siento ningún movimiento. ¿Habrían dejado el maletín en algún sitio?

—¡Sí! ¡Ya llegamos a Egipto!

—¿Tú crees? Todavía no cantes victoria, tenemos que esperar un rato antes de asomarnos.

—Yo no me quedo aquí ni un minuto más. Ahorita vengo.

Se deslizó entre las páginas, se impulsó con sus poderosas patas y con un gran salto salió del maletín. Me dejó solo. Estaba por leer un artículo sobre el amor cuando al poco rato reapareció la pulga.

—¡No sabes qué fabuloso es Egipto! Hay música y mucha gente en las calles, animales fantásticos y comida exótica por todos lados. Las personas hablan muy bonito y usan ropa de brillantes colores. Hay mujeres hermosas en cada esquina. Ven, vamos —me jalaba, excitadísima.

Dejé atrás la prudencia y la seguí. Nos bajamos de la maleta, que estaba arrumbada en un localito junto a la calle. Miré a mi alrededor con curiosidad. Había caballos, gatos y muchas hormigas. Los puestos de fritangas arrojaban humo y las casas eran todas iguales.

—Es curioso. Yo nunca me imaginé Egipto así. ¿Y las pirámides? ¿Y los camellos? ¿Y las mujeres con velos? —cuestioné.

—Bueno, los tiempos han cambiado. Tú tienes una imagen muy anticuada de Egipto —argumentó, muy decidida.

—Fíjate bien, hasta hablan español. Mira, la ropa que usan es estilo occidental. ¿Y qué pasó con las pirámides? —miraba a mi alrededor sin hallarlas.

—Una de dos: han de estar lejos de donde nos encontramos o ya las transformaron en edificios. ¿Cómo saberlo?

—Ya sé, lo primero que hay que hacer al llegar a un lugar es buscar un periódico —volteé a mi alrededor hasta que divisé lo que creí era un puesto de periódicos en una esquina—. Vamos.

Nunca había conocido un puesto de periódicos. Tenía una especie de tendedero con páginas impresas sostenidas por pinzas. La primer plana decía así:

## EN DOS DÍAS, FUMIGACIÓN

## DE RATAS

Ésa era una mala noticia: tendríamos que acortar nuestra estancia en la ciudad. Eso no fue lo peor, lo malo fue cuando vi la fecha y el lugar: *Zapotlán, Jalisco, 19 de febrero del 2000.*

Por supuesto que no estábamos en Egipto. Con razón se parecía tanto a México. Vaya fiasco. Volteé a ver a la pulga-vampiro para comunicarle la mala nueva, pero en ese momento la vi charlando animadamente con un ratón que salió de una coladera que estaba junto al puesto de revistas.

El roedor tenía dos características que lo diferenciaban de todos los ratones que había conocido: una, su cola estaba cubierta por un bonito cilindro de estambre de colores; dos, usaba unos anteojos que empequeñecían aún más sus ojos. Me apresuré a alcanzarlos para informarle al roedor de lo que había descubierto al leer el periódico. Ya después le revelaría a la pulga en qué lugar estábamos parados.

—Oye, ratón, avísale a tus compañeras que van a fumigar la ciudad —le dije apresuradamente.

—¿Cómo lo sabes? —me miró interesada.

—Lo leí en el periódico.

—¿Sabes leer?

—Sí —le dije muy orgullosa.

—Agradezco que hayas querido compartir conmigo tu información, pero ya lo sabía. Yo también sé leer —y me observó bajándose los lentes.

—¿De veras? —me llené de alegría. Por fin un animal inteligente.

—Sí. Pero de nada sirve informarles a las ratas. Son muy tercas y sobre todo muy resistentes. Aunque no debo salir de día, quise dar un paseo antes de la catástrofe que se avecina.

—¿Dónde vives?

—En una biblioteca. Soy un ratón de biblioteca.

Me dio tanta emoción, como si acabara de conocer a un paisano.

—Estar aquí parados a media calle, es un poco peligroso para la pulga y para mí. ¿Podemos acompañarte a la coladera y allí conversar un poco? —me aventuré.

—Pienso que ahí va a ser peor para ustedes. Mejor vamos a un parque que está cerca de aquí. Allí podemos charlar y comer junto a un bote de basura.

—Me muero de hambre —dijo la pulga—, ojalá en el parque haya algún perro para echarme aunque sea un buchecito de sangre, en lo que encuentro algo mejor.

El ratón lo miró algo intranquilo al decirle:

—Espero que eso que quieres encontrar no sea una rata.

—No, busco una mujer. Vámonos y te platico.

—Trato hecho —aceptó.

Caminamos unos cuantos pasos y llegamos al parque que estaba vacío. Nos llevó a un bote de basura y ahí revolvió hasta que encontró varios manjares: un sándwich a medio comer, restos de papas con queso y un hueso de mango.

Mientras la pulga iba a buscar su almuerzo, le pedí al ratón que me contara su historia sobre cómo había aprendido a leer.

—Yo era un ratón muy inconsciente e iletrado, hasta que se incendió la bodega de papel donde yo vivía. Algún humano descuidado arrojó un cigarro a medio consumir encima de unos rollos de papel. La flama no se hizo esperar y cundió el pánico entre hombres, ratas y ratones. A través de las grandes humaredas, pude descubrir un papel pegado sobre una pared. Me acerqué a ver de qué se trataba y a juzgar por los dibujitos, parecían las instrucciones sobre qué hacer en caso de incendio. Por supuesto, no entendí nada. Yo tuve suerte y sobreviví, aunque mi rabo se chamuscó —mira.

El ratón se quitó la capucha de tela que le cubría el rabo y en efecto, tenía una minúscula cola que medía menos que un cerillo.

—Logré escapar arrojándome por una ventana —continuó su relato—. Mi parentela no tuvo la misma suerte. Si yo hubiera sabido leer, a lo mejor se hubieran salvado.

—¿Y cómo fue que aprendiste a leer?

—Los ratones tenemos una inteligencia demasiado avanzada. Lo que pasa es que somos muy nerviosos. Nos cuesta trabajo concentrarnos, pero cuando lo logramos

captamos muy rápido. Para obligarme a estar atento, me fui a vivir a una biblioteca. Ahí no tuve distracción alguna: no salí durante años hasta que logré descifrar letra por letra de cada uno de los libros.

—¿Nadie te enseñó? —me sorprendí.

—Nadie absolutamente.

—¿Y cómo le hiciste?

—Por deducciones. Por ejemplo, ¿cuál era el sonido que más pronunciaban los humanos? La "a", que es la letra de mayor empleo en el idioma español. La localicé en cada una de las páginas de los libros porque era la que más se repetía. Después, durante años, logré separar todos los signos de puntuación, para no confundirme con las letras. Me tomó otros dos años comparar y entender que hay mayúsculas y minúsculas. Durante siete años, descubrí las cuatro vocales que me faltaban. Las consonantes fueron apareciendo con los años. La que más trabajo me costó fue la H, ya que no entendía para qué diablos servía. Después de doce años, entendí que era muda. Como podrás ver ha sido un proceso largo y difícil.

El ratón era muy inteligente, porque a mí alguien me enseñó, pero él aprendió de una forma completamente… ¿cómo le dicen? Ah sí, autodidacta.

—¿Y qué has leído? —lo interrogué.

—De todo un poco — no quiso molestarse en especificar.

—Nosotros estábamos buscando la famosa Biblioteca de Alejandría, pero resulta que estamos en Zapotlán, le confesé, desalentada.

—¿La Biblioteca de Alejandría? —el ratón parecía asombrado. ¿La de Egipto?

—Sí, esa misma —repliqué.

Al oír mis palabras, le dio un ataque de risa tan fuerte que casi se atraganta. La panza le temblaba como una gelatina, los ojos se volvieron una ranura y las carcajadas eran tan estrepitosas que hasta unos pájaros se acercaron volando a ver qué sucedía.

—¿A poco no están enterados de que la Biblioteca de Alejandría ya no existe? —preguntó cuando recuperó el aliento.

—¿Cómo de que no? Lo leí en los libros. —me defendí.

—Lo que no leíste fue que la Biblioteca de Alejandría se destruyó hace siglos debido a un gran incendio.

Vaya, vaya. Qué fiasco hubiera sido viajar hasta Egipto y toparnos con estas noticias.

—Te voy a decir algo raro: a mí me da la impresión de que lees demasiado.

—¿Estás loco? Me rehuso a dejar de leer. Leer es lo mejor que me ha pasado.

—Claro que es maravilloso leer, te lo digo yo, un ratón de biblioteca, pero lo que no puedes hacer es basarte sólo en los libros para entender el mundo —dijo enfáticamente.

¡Híjole! Tenía que pensar un buen rato sobre esto. En ese momento apareció brincando la pulga; lucía, arriba de la boca, unos flamantes bigotes rojos.

—¿Cómo te fue? —le preguntamos.

—Muy bien, encontré un perrillo chihuahueño de sabor aceptable. Pero ya quiero hincarle el colmillo a una guapa mujer esta noche, así que me voy a echar una siestecita.

Y se puso a roncar sobre la hierba.

Cuando la pulga despertó, nos fuimos con el ratón a pasar la noche en la biblioteca. ¡Qué gusto me dio pisar otra vez la Casa de los Libros!

# IX

## La gran hazaña de un ratón de biblioteca

La pulga dormitaba sobre uno de los pocos libros empastados en cuero peludo, seguramente le recordaba el pelambre de *Taba*. Yo me quedé leyendo hasta muy entrada la noche. Revolviendo en los ficheros, hallé lo siguiente en la letra F:

### FUMIGACIÓN

Busqué al ratón para mostrarle lo que había hallado: era posible evitar la intoxicación y la muerte si se respira aire puro, es decir, oxígeno.

El roedor se encontraba leyendo un manual sobre Ortografía cuando lo obligué a leer mi hallazgo.

—¿Ves? Con esto puedes impedir que muchas ratas mueran. Tienen que ponerse tapabocas y respirar oxígeno. Así, impedirás que todas las ratas del país mueran.

Por unos segundos, el ratón sonrió, entusiasmado, pero después se apagó el brillo de sus ojos.

—Las ratas son muy obcecadas, no van a querer.

—Si no lo intentas, nunca lo sabrás. Ahora no está en peligro el rabo de un ratón sino la sobrevivencia de una especie —exageré un poco—. Todas morirán y te vas a quedar solo, si es que no te asfixias tú también.

Esa frase le llegó.

—Bueno, supongo que no se pierde nada con intentarlo.

—¿Cuándo van a fumigar? —preguntó, más animoso, mi amigo ratón.

—En dos días, si mal no recuerdo. Bueno, sólo te queda un día, porque esto lo leí ayer —recordé.

—¿Cómo voy a reunir a todas las ratas para hablar con ellas? —planteó

—No tienes que ponerte como el cuento del flautista de Hamelin a tocar la flauta para atraer roedores, basta con que visites una por una, todas las coladeras —le reviré.

—¿Y con qué haremos los tapabocas?

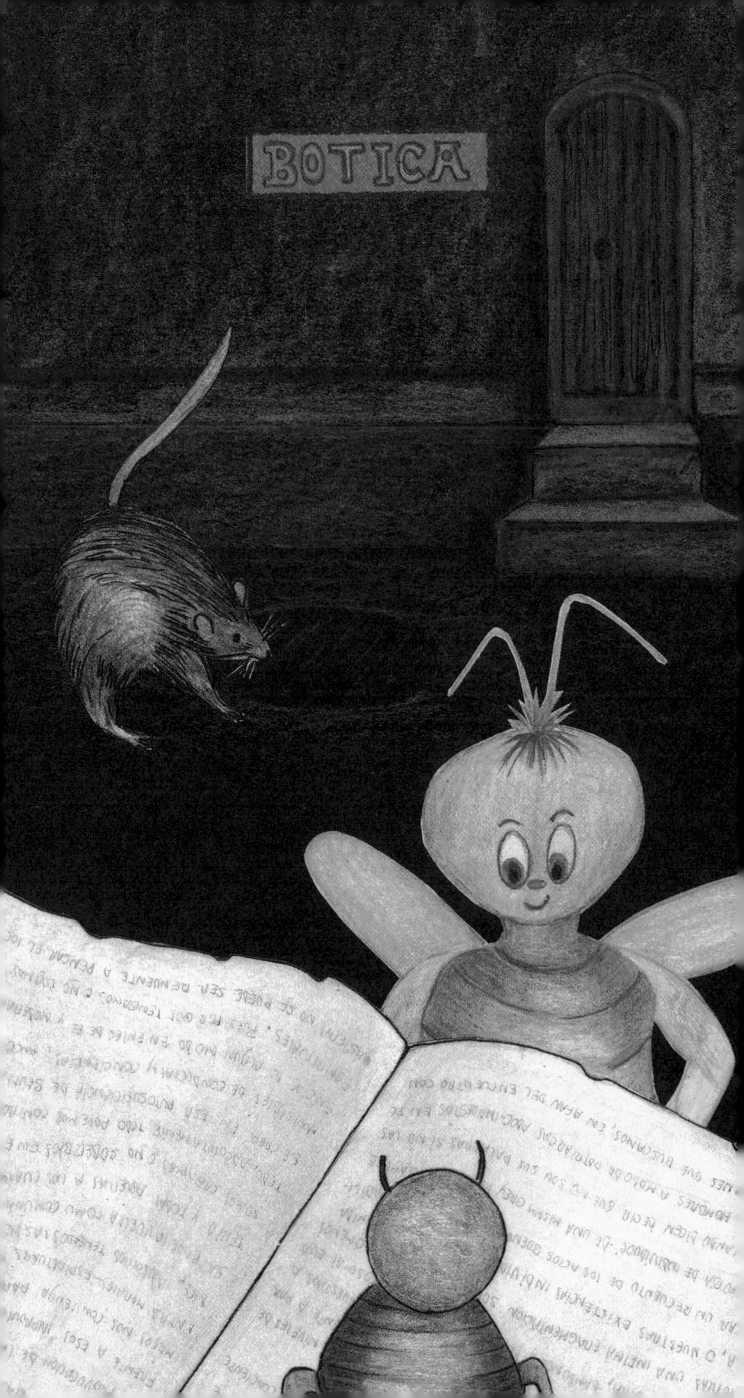
BOTICA

—Con alguna prenda olvidada en la biblioteca.

—¿Y cómo conseguiremos el oxígeno?

Ahí sí no supe qué responder.

—Yo te lo voy a decir —me contestó él mismo— podemos ir a la botica que está aquí cerca, pedirle a la pulga que nos ayude picando y haciendo ruido para distraer al dependiente, tú buscas un frasco con oxígeno y al encontrarlo, lo amarras a mi lomo y huimos.

El único problema que tuvimos fue el de convencer a la pulga que le picoteara el cuello al dependiente y pospusiera sus aventuras vampirescas nocturnas. Después de muchos ruegos, aceptó.

Todo salió a la perfección. Logramos obtener la botella y el ratón pasó de alcantarilla en alcantarilla repartiendo tapabocas y tanques de oxígeno, hechos con cajitas. Contrario a lo que él suponía, las ratas aceptaron sin rechistar todas sus indicaciones.

Los tiempos han cambiado. Y las ratas, también.

# X
## Fábulas humanas

Cierto día, poco después de la hazaña, el ratón de biblioteca llegaba de una fiesta que le organizaron las ratas, en agradecimiento. Yo estaba echada de panza leyendo un libro sobre biología. La pulga estaba limándose los callos con un papel-lija.

—¡Qué piecitos te cargas, pulga! —observó, animadamente.

La aludida le mostró orgullosa las poderosas patas.

—Y tú, siempre leyendo —el ratón se metió conmigo.

Yo francamente lo ignoré.

—Debo reconocer que me hiciste un favor, a cambio te voy a mostrar algo que te va a interesar mucho... —e hizo una dramática pausa.

Yo seguí leyendo como si nada.

—Te voy a enseñar el libro más raro de la biblioteca, mi mayor tesoro. Lo he leído sólo una vez y hasta la fecha no lo he entendido del todo. Cuando llego a comprender algo, me siento más aliviado aunque también más confundido.

Ahora sí el ratón había atrapado mi atención.

—¿Qué libro es ése?

—Te lo mostraré. Se encuentra en el último estante, pegado a la pared.

Recorrimos verticalmente las tablas de madera de los libreros hasta llegar al último rincón de la biblioteca. Ahí estaba recargado un libro de pasta voluminosa. Al abrirlo descubrí ilustraciones preciosas sobre nosotros, los animales, su título: *Fábulas de La Fontaine*.

—Mira —señaló el ratón—, en este libro los humanos hablan de nosotros, nuestra historia y cómo pensamos y actuamos.

Leí con atención la siguiente fábula:

### La liebre y la tortuga

Había una vez una liebre que se jactaba de correr más veloz que cualquiera, y siempre se burlaba de una tortuga por su lentitud. Un día, la tortuga le propuso a la liebre que compitieran en una carrera. La liebre empezó a reír: "No hay nadie que pueda ganarme, pero acepto el desafío."

Empezó la carrera, arrancaron al mismo tiempo, pero viendo la lentitud de su adversario, la liebre se sentó a dormir bajo un árbol.

"Adelante, corre, de cualquier manera yo con unos pocos saltos te alcanzaré."

La tortuga, por lo pronto, seguía su camino lentamente pero sin detenerse. La liebre despertó, pero al ver que todavía le llevaba mucha ventaja a la tortuga, se volvió a quedar dormida. "Dormiré un poco más... la tortuga va tan despacio que la alcanzaré en un instante." Pasó el tiempo y finalmente, la liebre despertó de un sobresalto. Brincó, se echó a correr y viendo que la tortuga estaba por llegar a la meta, corrió y corrió más veloz que nunca, pero era demasiado tarde: ¡La tortuga le había ganado!

La tortuga volteó y le dijo a la vanidosa liebre: "Quien va despacio, va sano y lejos."

—Estás equivocado —contradije al ratón, después de leer la pequeña historia—. Los humanos realmente no saben cómo pensamos, sólo lo suponen. ¿Sabes qué es lo más extraño? Esta última línea que se llama moraleja. Es como una enseñanza.

—Qué chistoso. Yo no creo que los conejos sean tan confiados. He conocido algunos y son muy perseverantes —me dijo enfáticamente el ratón.

—Y yo sé de algunas tortugas bastante distraídas —apunté—. Pero de todos modos, debemos suponer que más bien se trata de una especie de cuento. ¿No te da risa que los humanos nos usen de ejemplo para aprender? —pregunté.

—Sí. Deberíamos hacer un libro que trate de los humanos, de la misma manera como ellos hablan de nosotros. Se llamaría "Fábulas humanas" —se entusiasmó el ratón.

—Pues escríbelo —le sugerí yo.

—¿Cómo crees? —me miró escéptico el ratón.

—Ya sabes leer, así que no te resultará tan difícil aprender a escribir. Además, con la ventaja de que tienes manos —se me ocurrió decirle.

El roedor se quedó reflexionando, mientras observaba sus manitas. Su mente se fue lejos y sus bigotes dejaron de estremecerse por un minuto. Estaba considerando la idea muy en serio. Sin despedirse, se fue corriendo al estante de abajo. Quizá en algunos años más, íbamos a poder leer el primer libro escrito por un ratón.

# XI

## Un pulgoso encuentro

Quien no estaba nada contenta con los acontecimientos era la pulga. Sospechaba que no estábamos en Egipto y para colmo, tenía retortijones de hambre. Estaba acostada, francamente aburrida y de mal humor. No estaba dispuesta a posponer su gran noche ni un minuto más. Se bañó y se acicaló minuciosamente.

Bajó uno a uno los estantes, y salió a la calle. Una gran luna llena iluminó su camino. Recorrió con cuidado una poblada avenida, cuidándose de pisotones. Cuando éstos se hicieron más constantes, decidió meterse a un zaguán en el cual brillaba una marquesina con foquitos multicolores. Al entrar, la pulga se topó con una gran sala oscura donde se alineaban filas y filas de butacas vacías. Sólo había unas cuatro o cinco personas se encontraban sentadas. Todas miraban fijamente una pantalla situada frente a ellos: estaban proyectando una película... ¡de vampiros! ¡Qué buena suerte!

Brincoteó de silla en silla hasta acercarse a una dama de cabello platino y piel transparente. A la pulga se le hizo agua la boca y, con emoción, buscó el cuello de la mujer para chuparle el más largo y sabroso sorbo de sangre de la historia. En ese momento, unas patas impidieron su avance: se trataba de otra pulga que había tenido la misma idea. Estaba a punto de defenderse salvajemente, cuando descubrió que la pulga era del sexo opuesto, es decir, era una pulga hembra. ¡Qué hermosa era! Patas curvadas, panza lisa y antenas rizadas. Una verdadera belleza.

Nuestra pulga se enamoró a primera vista y le cedió, galantemente, el cuello de la mujer.

—Adelante, guapa. El cuello es tuyo. Porque quieres el cuello, ¿verdad? —preguntó ansiosamente.

—Claro que lo quiero. Ahí está la sangre más tibia y la piel más delgada. Odio

morder otras partes. ¿A ti te pasa lo mismo? —le dirigió una mirada con cierto interés.

—Mi querida amiga, yo creo que morder un jugoso cuello es lo más romántico del mundo —engrosó la voz para hacerse más seductora.

—Hagámoslo juntos —sugirió coqueta, la pulga.

Y como si el cuello de la dama fuera el popote de un refresco, ambas pulgas sorbieron del rojo líquido de la yugular al unísono, mientras en la pantalla del cine, un vampiro hacía lo mismo.

Huelga decir que las dos pulgas se enamoraron perdidamente, decidieron quedarse a vivir en este cine pulgoso y disfrutar viendo películas todos los días, cobijadas por una pulgosa oscuridad.

# XII

## La conclusión de Policarpo

Todo parecía solucionarse lentamente. El ratón de biblioteca había logrado salvar a otra especie y conseguir una magnífica reputación. Además, estaba seriamente interesado en el insólito proyecto de escribir un libro. La pulga, como ya vimos, encontró el amor y apantalló a su pareja con su pasado draculesco. Yo era el único que seguía como al principio: sin tener una respuesta a la incógnita de a qué vinieron al mundo las polillas y sin encontrar un libro que ofreciera la mínima pista.

Sabía que habían transcurrido varios meses y que debía retornar a mi hábitat natural para poder reproducirme. No me daba mucha emoción regresar, y menos enfrentarme a Policarpo sin el libro salvador, pero el instinto de la naturaleza era impostergable.

Ahora venía el problema de trasladarme a mi casa.

Estaba en Zapotlán, Jalisco y tenía que regresar.

No podía volver a tomar el avión, era imposible trasladarme en el lomo de un animal porque ninguno sabría leer los letreros de las calles, y menos aún subirme a un taxi y pedirle al chofer que me llevara.

Estaba yo en esas consideraciones sin encontrar una salida, así que fui a ver al ratón de biblioteca al estante de abajo, a ver si se le ocurría algo. Después de escucharme atentamente, respondió:

—Hay un camino muy sencillo: vete por correo —me sugirió.

—Pero… ¿cómo? —no entendí.

—Sí, adentro de un sobre, oculto en algodón para que no te aplasten.

—¿Y la dirección? No la he olvidado, pero ¿cómo la sabrían? —me preocupé.

—Iría escrita en una etiqueta adherida al sobre —me dijo el sabelotodo.

—Pero… ¿quién va a escribir esa dirección? —le reviré.

Silencio.

—Pues tú, querido ratón. Que sea tu primer ejercicio de escritura —le sugerí.

El ratón titubeó unos minutos, y finalmente aceptó. Después de días y días de garrapatear hojas y hojas de papel, logró escribir con caligrafía chueca pero legible:

Biblioteca Escolar Alfonso Nopales

Barrio de la Chiripa 35

Colonia Cusca

México

—Para ser ratón, tienes muy mala letra —me reí.

No es lo mismo viajar en libro que viajar en sobre. Después de haber conocido a tantos amigos, me sentí muy solo adentro de la caja plana de papel. Estaba tan oscuro, tan denso y me sentía tan desprotegido que me puse a llorar. Me dormí y soñé que estaba adentro de la boca seca de un lagarto. En cualquier momento, iba a ser masticado y deglutido. Me desperté todo sudado. Perdí la noción del tiempo. No tenía nada que leer y sí mucho que pensar. Lo único que se me ocurrió fue inventar un juego que consistía en unir los títulos de los libros infantiles que recordara, como si fuera una historia. Por ejemplo:

Los Tres Cochinitos daban un paseo con Cenicienta y juntos, decidieron visitar a Ricitos de Oro. Ésta se encontraba hablando por teléfono con Rapunsel y dándole consejos sobre el cuidado del cabello. Al recibir a sus invitados, Ricitos quiso agasajarlos horneando un enorme pastel de chocolate con nuez. Hansel y Gretel, que pasaban por ahí, se sintieron atraídos por el aroma pero dudaban en entrar en vista de la mala experiencia que habían tenido con la bruja de su cuento. Los Tres Cochinitos los vieron atisbando por la ventana y los invitaron a pasar, asegurándoles que nadie se los iba a comer. Los niños finalmente aceptaron y entraron. Al terminar el pastel, Cenicienta insistía en lavar los trastes, movida por la costumbre. Sus amigos no la dejaron y entre todos limpiaron la mesa. Después de comer decidieron salir a caminar por el bosque, alrededor del pantano. Había un montón de sapos flotando sobre los juncos, pero ni Ricitos ni la Cenicienta se animaron a darle un beso a ninguno, no fuera a ser un príncipe disfrazado.

Inesperadamente, el sobre se puso de cabeza. Me di un golpe en la cabeza y perdí el conocimiento.

Al despertar, me topé con los ojos de Policarpo que me examinaban preocupados.

—Qué buen chichón —diagnosticó mientras me colocaba una compresa fría.

Me encontraba en una mullida cama de papel, en el estante superior de mi hogar, en la biblioteca donde nací. Confieso que me daba gusto ver a Policarpo, pero, al mismo tiempo, sentía mucha pena porque tarde o temprano me iba a preguntar sobre mis hallazgos. Y no tenía nada que mostrarle.

—¿Cómo lograste subirme hasta aquí? —pregunté atónito.

—Cuando escuché que el encargado de la biblioteca abría un sobre y decía: "¡Pero cómo es posible! Un sobre vacío… seguramente se robaron la carta." Tuve el presentimiento de que esa carta tenía que ver contigo. Me asomé por el anaquel y me fijé en cuál cesto la tiraba. Hurgué entre los pliegues del sobre arrugado y te descubrí. Ahora el problema era cómo moverte de ahí. Le pedí ayuda al moscardón tarado que se estrella todas las mañanas contra los cristales. Es muy fuerte, te agarró entre las patas como ambulancia aérea y te trajo volando hasta acá —Policarpo estaba muy satisfecho de su actuación.

—Qué amable. Prometo no burlarme la próxima vez que se aviente contra los ventanales —dije, arrepentido.

—Y ahora dime... ¿tienes ánimo para contarme cómo te fue? Mientras charlamos te preparo unos chocolates que guardaba para la ocasión —dijo, muy dispuesto.

Le conté todo de la manera más interesante que pude. Narré con mucho empeño. Él escuchaba fascinado. Ocasionalmente me interrumpía para que me detuviera en algún detalle. Se conmovió con la historia del ciego, se interesó con el asunto de internet, rió hasta las lágrimas con las pretensiones de la pulga y aplaudió rabiosamente la actuación del ratón de biblioteca.

Cuando acabé mi relato, Policarpo me ordenó dormir y para mi alivio, no mencionó una sola palabra sobre el libro. Me hundí en un sueño profundo.

A la mañana siguiente, decidí dejar de rehuir el tema y confesarle la triste verdad sobre mi búsqueda, por muy decepcionante que fuera. Lo encontré adentro de una enciclopedia llamada *El tesoro de la juventud*.

—Policarpo, tengo que decirte algo —tragué saliva compulsivamente.

—¿Qué cosa, Pillo? —interrumpió su lectura y usó jocosamente el nombre que sabía perfectamente que no me gustaba.

—Cierto, soy un pillo, nunca encontré el libro que me pediste —bajé la mirada.

—Ah, eso. Ya lo sabía. No tiene importancia. Era imposible que lo hallaras —continuó leyendo.

—¿¿Quée?? —me indigné—. ¿Me obligaste a hacer este riesgoso viaje sabiendo que nunca podría traerte ese libro?

—Acuérdate que yo no te puse una pistola en la cabeza —se defendió.

—No, pero me diste a entender que era una empresa posible y que ese libro probablemente sí existía —le argumenté.

—En ese momento lo pensé, pero en tu ausencia he reflexionado mucho. Ahora que me contaste todas tus peripecias, llegué a una conclusión: lo más importante es el viaje, no el resultado. En este caso, que conocieras otras bibliotecas y otros seres. Después de horas de sesudas reflexiones descubrí que todas las criaturas del mundo vinieron a eso, a preguntarse a qué vinieron al mundo —explicó enfáticamente.

Me sentí muy tonto, nunca se me había ocurrido pensar eso.

—No importa que no hayas encontrado una respuesta —continuó Policarpo—. Finalmente, yo ya sé a qué vine al mundo.

—¿A qué? —pregunté intrigadísimo.

—Yo vine al mundo a leer —y con un sonoro *pun*, dio por concluida la conversación.

Esta obra se terminó de imprimir
en octubre del 2000 en los talleres de
Compañía Editorial Ultra, S.A. de C.V.
Centeno 162 Local 2
Col. Granjas Esmeralda
Delegación Iztapalapa
México, D.F.

El tiraje consta de 10,000 ejemplares
más sobrantes de reposición.